FRANÇOIS COPPÉE

PLUS DE SANG

— Avril 1871 —

Troisième Édition

PRIX : 50 CENTIMES

PARIS

ALPHONSE LEMERRE, ÉDITEUR
47, PASSAGE CHOISEUL, 4

1871

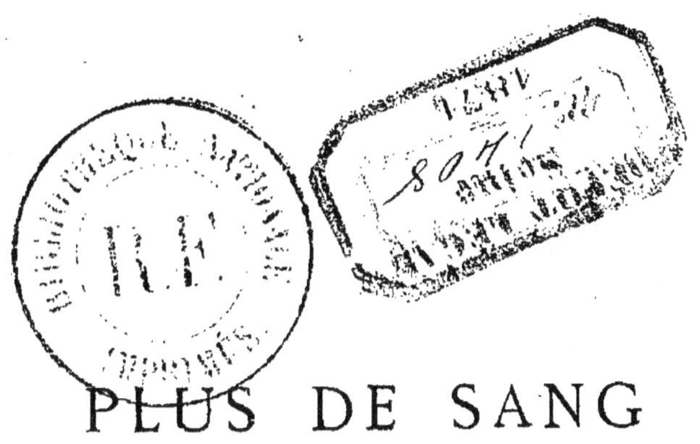

PLUS DE SANG

— Avril 1871 —

FRANÇOIS COPPÉE

PLUS DE SANG

— Avril 1871 —

PARIS

ALPHONSE LEMERRE, ÉDITEUR

47, PASSAGE CHOISEUL, 47

1871

PLUS DE SANG !

— Avril 1871 —

O France ! je sais bien que, dans cette tuerie ,
A celui qui dira : Pitié ! pudeur ! patrie !
Ces acharnés répondront : Non !
Que tout espoir de paix est presque une chimère ;
Mais je serai l'écho de ta douleur de mère
Parmi l'orage du canon.

*

Je sais que le massacre aux cent voix furieuses

Et que le crachement hideux des mitrailleuses

Couvriront mes cris haletants;

Mais je t'évoquerai, France, France éternelle,

Sanglante et découvrant ta gorge maternelle,

Entre les coups des combattants.

Je sais que la terreur va régner sur la ville,

Que peut-être aux tribuns de la guerre civile

On va me désigner du doigt.

Je le sais; mais il faut fulminer l'anathème,

Et le poëte obscur qui te pleure et qui t'aime

Aura du moins fait ce qu'il doit.

Oui, nous irons d'abord où la discorde habite,

Dans le sombre palais au toit duquel palpite

Un drapeau rouge dans le ciel,

Et là tu montreras, de ton geste qui raille,

Les trois mots flamboyants sur la vieille muraille

Comme les mots de Daniel.

Tu feras voir l'horreur de ta gorge saignée

Et tu déchireras, pauvre mère indignée !

Ce décret, cet ukase affreux

Écrit par une main noire encor de l'amorce,

Qui provoque au combat fratricide et qui force

Tes fils à s'égorger entre eux.

Après nous descendrons dans les geôles profondes

Où tu verras, parmi les malfaiteurs immondes,

Tristes, mais le cœur sans effroi,

Des vieillards doux et purs, des otages de guerre,

Des prêtres arrachés de l'autel où naguère

Ils priaient encor Dieu pour toi.

Nous planerons alors sur la cité déserte.

Sauf un rauque clairon qui sonne au loin l'alerte

Ou le coup de canon d'un fort,

Ou le pavé broyé par un caisson qui passe,

Nul bruit, nul mouvement, et sur l'immense espace

Pèsent le silence et la mort.

*

C'est la fuite, partout. Si, dans les quartiers riches,

Frôlant timidement les murs souillés d'affiches,

Le passant marche, le front bas,

Inquiet du blocus et craignant qu'on l'affame,

Dans le groupe, au faubourg, le vieux, l'enfant, la femme

Sont seuls à parler des combats.

Entends-tu le canon qui gronde par saccades?

Les hommes sont partis là-bas, aux barricades,

Aux avant-postes, aux remparts.

A Vanves, à Neuilly, mitraille et balles pleuvent,

Hélas! et c'est pourquoi tous ces cœurs qui s'émeuvent,

Ces larmes dans tous les regards.

Mais si, nous détournant de cette morne scène,

Nous regardons plus loin, sur les bords de la Seine,

France, cache-moi dans ton sein !

Que j'entende bondir ton noble cœur de femme

Qui se brise à l'aspect de cette lutte infâme

Où ton peuple est ton assassin.

Que j'entende ta voix hurler, pleine de larmes :
— O mes fils égarés, jetez, brisez vos armes.
Assez ! il n'est jamais trop tard.
Ne combattez pas plus pour un mot illusoire ;
Arrêtez, plus de sang ! nous n'avons qu'une gloire
Et nous n'avons qu'un étendard.

La victoire est horrible et ma mort seule est sûre.
Cruels, vous retournez le fer dans la blessure
Où l'a plongé le Prussien !
Arrêtez ce combat qui m'achève et me navre,
Insensés qui voulez sur un front de cadavre
Planter le bonnet phrygien.

La paix ! faites la paix ! Et puis, pardon, clémence ;
Oublions à jamais cet instant de démence.
Vite à nos marteaux. Travaillons.
Travaillons en disant : C'était un mauvais rêve.
Et plus tard, quand mon front qui vite se relève
Lancera de nouveaux rayons,

Alors, ô jeunes fils de la vaillante Gaule,

Nous jetterons encor' le fusil sur l'épaule

Et, le sac chargé d'un pain bis,

Nous irons vers le Rhin pour laver notre honte,

Nous irons, furieux comme le flot qui monte

Et nombreux comme les épis.

— Dis-leur cela, ma mère, et, messagère ailée,

Mon ode ira porter jusque dans la mêlée

Le rameau providentiel,

Sachant bien que l'orage affreux qui se déchaîne,

Et qui peut d'un seul coup déraciner un chêne,

Épargne un oiseau dans le ciel !

Paris, avril 1871.

Imprimé

LE 5 MAI MIL HUIT CENT SOIXANTE-ONZE

PAR J. CLAYE

POUR A. LEMERRE, LIBRAIRE

A PARIS

LIBRAIRIE D'ALPHONSE LEMERRE
47, PASSAGE CHOISEUL, A PARIS (1)

Dernières publications.

LA POÉSIE PENDANT LE SIÉGE :

LECONTE DE LISLE. .	*Le Sacre de Paris*, 1 vol. in-18.	» 50
—	*Le Soir d'une bataille*, 1 vol. in-18.	» 50
FRANÇOIS COPPÉE . .	*Lettre d'un Mobile breton*, 1 vol. in-18	» 50
—	*Plus de sang!* (avril 1871), 1 vol. in-18	» 50
ÉMILE BERGERAT. . .	*Les Cuirassiers de Reichshoffen*, 1 vol. in-18.	» 50
—	*Le Maître d'école*, 1 vol. in 18.	» 50
—	*Strasbourg*, 1 vol. in-18. . . .	» 50
—	*A Châteaudun*, 1 vol. in-18. . .	» 50
—	*Hymne à la France*, 1 vol. in-18.	» 50
ANDRÉ THEURIET. . .	*Les Paysans de l'Argonne* (1792), 1 vol. in-18	» 50
CATULLE MENDÈS. . .	*La Colère d'un Franc-Tireur*, 1 vol. in-18	» 50
—	*Odelette guerrière*, 1 vol. in-18.	» 50
ARMAND RENAUD. . .	*Au Bruit du Canon*, 1 vol. in-18.	» 50
AUGUSTE LACAUSSADE.	*Cri de guerre*, 1 vol. in-18 . . .	». 50
FRÉDÉRIC DAMÉ . . .	*L'Invasion*, 1 vol. in-18.	» 50
FÉLIX FRANCK	*La Horde allemande*, 1 vol. in-18.	» 50
JOSÉPHIN SOULARY. .	*Pendant l'Invasion*. 1 vol. in-18.	1 »
ALBERT GLATIGNY. .	*Rouen* (1431-1870), 1 vol. in-18.	» 50

PARIS ASSIÉGÉ, par JULES CLARETIE, 1 vol. in-18. . . . 3 »
DE FRŒSCHWILLER A PARIS. — Notes prises sur les champs de bataille par ÉMILE DELMAS, 1 vol. in-18 . . 3 »
CATÉCHISME POPULAIRE RÉPUBLICAIN, 1 vol. petit in-12, papier teinté. . . . . » 50
HISTOIRE POPULAIRE DE LA RÉVOLUTION FRAN-ÇAISE, 1 vol. petit in-12. . . . . » 50

Sous presse :

MES PAYSANS

LA FÊTE VOTIVE

DE SAINT BARTHOLOMÉE PORTE-GLAIVE

PAR LÉON CLADEL

Avec un Premier-Paris de M. *Louis Veuillot*, 1 vol.

PARIS. — J. CLAYE, IMPRIMEUR, 7, RUE SAINT-BENOIT. — [178]